KB093955

지금 달에는 비가 내리고

on the moon it rains here

지금 달에는 비가 내리고

2022년 4월 21일 초판 1쇄 인쇄
2022년 4월 28일 초판 1쇄 발행

지은이 | 이상록
펴낸이 | 孫貞順

펴낸곳 | 도서출판 작가
　　　　(03756) 서울 서대문구 북아현로6길 50
　　　　전화 | 02)365-8111~2　팩스 | 02)365-8110
　　　　이메일 | morebook@naver.com
　　　　홈페이지 | www.www.cultura.co.kr
　　　　등록번호 | 제13-630호(2000. 2. 9.)

편집 | 손희 박영민 양진호
디자인 | 오경은 박근영
영업 | 손원대
관리 | 이용승

ISBN 979-11-90566-38-4 03810

값 10,000원

지금 달에는 비가 내리고

on the moon it raing here

글·사진 이상록

on the moon it raing here

작가

젖니에 걸려 여태 단 한 번도
발성되지 않은 말-소리
그 기억을 찾아 어미 말도 버리고
아스라이 지평선에 걸린 자작나무 숲에서
전생 같은 슬픔으로 달을 품고 해를 새면서
울고 또 울었다, 시간 밖에서

벼리고 벼린 소리의 민낯은 신기루와 같았고
날 선 얼음 못, 빛이었고 바람이었다
.
.

소리가 내 안에 있었음을, 이미
오래전, 존재 이전부터 내 안에

감히 고백한다
나와 같이 어리고 여린 순筍들을 만나
비로소
소리는 빛이고 바람이며 자신인 것을...

소리에 눈이 멀 수 있다

눈을 소리에게 무심無心으로 내어줄 수 있는, 나는
소리의 변태變態를 꿈꾼다

어느 예술가의 반짝이는 일상의 편린片鱗

소리로 말하는 사람이 있다.
바람이 허공을 가르며 계절을 소리 없이 바꿀 때
볕이 가물가물 눈을 뜨고 세상을 가만히 쓰다듬을 때
꽃들이 온 힘을 끌어올려 마지막 한 잎을 펼칠 때
그 미세한 변화에 선율을 넣는 사람.
피아노로 삶을 위로해 주는 사람.

피아니스트 이상록은
바람에 영혼을 씻고
볕에 세상의 때를 거풍시키고
비에게 한 조각밖에 남지 않는 기심欺心을 고해하는 사람
이다.

그의 발길 닿은 곳에서
기억된 이미지들과
일상의 작은 편린片鱗이
달에서 피아노를 치는 그의 선율과
더불어
누군가의 가슴에
따스한 위로가 될 것이다.

명혜정(작가, 국어교사)

차례

2부 고해성사

지금 달에는 비가 내리고

on the moon it rains here

QR 코드를 카메라로 인식하면 주소가 뜨고
주소를 클릭하면 음악으로 연결됩니다.

1부 카시오페아에서

melancholia

어느 날

나의 과거

온전치 않은

다가올 미래까지

송두리째

delete 된다면

나는

무중력의 현재에

소리로

환생하고 싶다

중력을 잃은

소리

지금 달에는 비가 오고 있다

적멸보다 깊은 푸른 소리

나는

그 소리의 이름을

"멜랑콜리아" 라고

부른다

바람의 加害

바람의 유혹에서 벗어나는 일은

소리와 빛을 탐하는 것에서 벗어나는 일과 같다

바람의 농담으로 인해 첨예하게 대치하고 있는 상반된 감정들

마치 나와 너인 것처럼

그 사이에 흐르는 미증유, 것들을 그러모은다

아주 "작은 것들의 신(아룬다티 로이의 소설)"은 나와 너의 분열 조각

　　그 빛과 소리의 파편을 맞추는 일에서 벗어나는 일, 겨우

　　서로의 주검에 눈을 박고 내가 너인 것을 알게 되는 일, 비로소

　　숨을 곳이 없는 낮, 더욱이 바람 부는 날의 기억에는 내가 없다

　　한사코 나는 없다, 시간 밖에 내가 있는 것처럼

아픈 책

책을 보면 아프다, 종이를 보면 아프다. 그것은 음악은 종이이고, 종이는 생명이고, 생명을 다하고 돌아와 현현한 것이 곧 음악이기 때문이다. 그러므로 음악은 책이다, 아픈 책이다. 때로는 책이 너무 많아서 아픈 것인지, 아니면 아픔이 깊어 책이 많은 것인지 도무지 모르겠다. 이제 그만 책을 위해 공연히 아픔을 베어내는 일이 없었으면 좋겠다. 단 한 그루의 나무-하나의 아픔으로도 과분한 인생인데.

기억 속 햇살을 도려낸다, 딱 그 날 그 만큼의 햇살만
멀리서도 누릴만한 섬섬한 그늘을 가진 한 그루의 나무를 위해
눅진하게 진용이 된 나무의 그늘을 위해

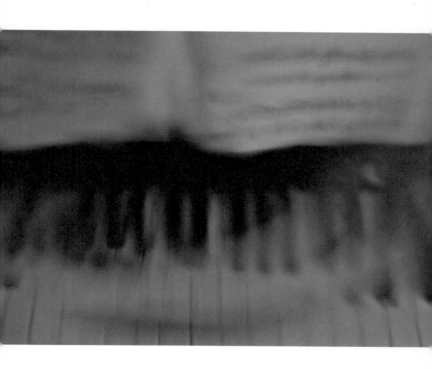

19' 55"

寂滅에 대해 생각한다, 개와 늑대의 시간에

내 방에는 두 개의 멈춰 선 벽시계가 있다
마른버짐같이 푸석했던 시간의 기억을 뒤로하고
각기 다른 땅과 바람의 방향을 향해 은유로 서 있다
하나는 그림자가 자라기 시작하는 시간에, 다른 하나는
그림자가 너무 길어져 몸으로부터 힘겹게 잘려 나가는 시간에
두 시계는 그렇게 스스로 시간에게 죽음을 부여한다.
고의로 – 운명처럼 고의로

방비엥의 물그림자는 잘 자라고 있을까?

카페 '조마'

허리가 굽어 펴지지 않는다
똬리를 튼 뱀처럼 음흉하다
스스로 전복을 꿈꾸는 매일 아침 나는, 살갑지 않은 몸을
도저히 혼자서는 펼 수가 없다, 기억 때문에
(머리를 무릎 사이에 묻고 늘어질 대로 늘어진 팔과 다리는
몸에서 자라난 서로 다른 이물처럼 날카롭고 치명적이다
벽을 걷는 바람 자국은 시간 밖에서 푸른 꽃을 피우고 있다
기억은 항상 남루한 아침에 누워 해 쪽에서 스멀거린다)

그날 그랬어, 낮에 자라나는 어둠을 본 거야
날을 세워 해를 가르는 바람 속에 비가 숨어 있었지.
우리는 서둘러 각자의 집을 배에 올려놓고 몸을 말아 비를
피했어.
비에 흠씬 맞은 몸은 좀처럼 나을 기미가 안 보였어.
하루가 지나고 이틀이 지나 또… 그러던 어느 하루
볕 좋고 바람은 그 결까지도 선명히 드러내게 하던 날
눈은 하릴없이 공기 중의 아메바 무릴 따라다니고
시간은 어제와 같은 오늘에 멈춰 서있던 그 날

나는 비밀 하나를 알았어.

허리를 반듯하게 바닥에 눕히고 겨우 손을 배에 올려 집을 만졌어.

감촉만으로도 아름답기에 충분한 그 집은 그러나 참 무기력 했어.

너무나 창백한 집, 그 집의 비밀을 알게 된 거야.

집은 영원한 아이다.

몸은 집 안에 있는 게 아니라 집이 몸 안에 거한다는

몸이 정성 들여 집을 가꾼다는

몸을 다스려 집을 보존한다는

집을 떠나있는 몸이 아니라 집을 모시고 있는 몸을 본거지

집이 몸을 닮는다는 것, 그래서 난 아버지의 집이라는 것

그 비밀을 알게 된 거야.

무수히 많은 계절들이 몸 안으로 스며들어와 편히 쉬고 갈 수 있는 집

그 집이 이미 내 안에 있었다는 비밀, 그 비밀을 알게 된 거야.

카시오페아에서

카시오페아에서 슬픈 아프리카를 만났다.
어쩌면 이미 사라진 이름을 잃은 별처럼
그런 아프리카를 만났다, 비가 내렸다.
사막의 오래된 기억을 닮은 비가 내렸다.
사각 행성에서는 무수한 별빛을 쏟아냈고
그 빗속 별빛에서 나는 시간을 감촉한다.
수십, 수백, 수천 광년의 거리를 거스른다.

거리는 관계다.
늙음과 젊음, 그 관계의 거리처럼
항상 그랬듯이 관계는 거리다.

슬픈 아프리카와 카시오페아
그 거리의 관계처럼

minor lavor

소년은 매번 같은 말을 두 번 읊었다.
"다다, 다다! 짜이짜이! 짜이짜이?"
아주 느리지만 가볍게, lento il legero
언어를 씹으면서 동시에 뱉어냈다.
날조될 수 없는 유일한 기억처럼
아직도 내 안에서 느리면서 가볍게 뛰고 있다.
단조(simple, minor)로운 서로 다른 두 개의 음악처럼

소년의 눈에는 내 귀가 보이지 않았던 것일까?

가렵다

가렵다, 몸이 추억하듯 가렵다.
가렵다, 기억이 가렵다.
모래, 바람, 연기, 파도 소리, 관계
아메바, 이명, 날카로운 것, 또 관계
공기 중에 가득하다, 눈을 감고 귀를 닫는다.
가렵다, 귀가, 눈이, 모든 세포가 가렵다.

강가에 나가 구석구석 거풍을 해야겠다.

windshadow, in puri

사람은 섬이다 섬에 사는 사람은 귀신이다. 귀신이 섬에 알을 낳고 그 출산으로 인한 신음 소리는 바람을 부른다. 바람은 낮게 흐르고 물은 하늘로 오르고 드디어 섬이 흔들리기 시작한다. 머리에서 멀미가 난다. 앉아 있어도 누워있어도 흔들린다. 고요를 닮은 권태로운 소리로 흔들린다. 바다와 하늘이 같은 선과 색으로 만날 때 섬은 요동한다. 살아 있으나 살

아 있지 않은 존재는 흔들리는 섬에서 숨죽여 흐느낀다. 시간의 비늘은 섬의 눈을 멀게 하고 허적한 몸을 벗는다. 이제 바람도 하늘도 바다도 모두 알몸인 채로 방향도 높낮이도 없는 영원 속으로 상서롭지 않은 기억을 묻으며 사라진다.

어느 별, 다방

건너편 테이블에서 속수무책, 입 하나
건너와 쓰디쓴 에스프레소 잔에 빠진다
잔잔하다 아무 말 없이 그저 슬프다
검은 도시가 그리웠다고 굳이 말하지 않는다
나지막이 쭈뼛거리는 모양새 소리로 흘긴다

눈 없는 새는 귀뚜라미를 물고 비상한다, 괜히
없는 눈으로 방향을 틀어 눈에서 유유히 멀어진다
새의 날카로운 발톱이 포동한 귀뚜라미의 옆구리를 터트린다
아아 진록의 액체 속이 탄다, 옆에 세워놓은
어제 주운 손 하나 들어 사라진 하늘을 가린다
부끄럽게도 아무도 보지 않았고 나는 새하얗게 웃는다

어미는 도시를 알지만 도시는 출생지를 잃었다
구멍을 찾는다, 이름을 갖지 못하고 태어난 그저 도시인 도시
벽에 걸린 서럽게 곰팡이 핀 젖무덤 하나 난생 처음으로
마를 대로 마른 성긴 입을 갖다 대고 목을 놓는다
입은 발성을 기억하지 못한다, 그리고 미련 없이 운다

나이가 없다, 한결같이 검게 타다만 입만 있다
다른 입 하나 내 자리로 건너온다, 넙죽 앉는다
사이를 찾던 공허 황망히 눈 둘 곳을 찾아 떠난다
공기는 자욱하다, 무겁게 겉돌고 침묵한다
권태로운 호흡을 수혈받던 입 나갔다 돌아와 앉는다, 그리고
일그러진다, 세 개의 다리로 춤을 추었던
오래전 그 바로 그 광대의 주검처럼

결핍

　욕조에 물을 가득 받고 텅 빈 몸을 눕힌다. 자꾸만 물 위로 떠오르는 몸, 가늘면서도 옹골진 가단조의 a음을 가진 철심 하나를 빼내어 몸과 몸 사이를 두고 묶어 수챗구멍 밑으로 피아노를 밀어 넣는다. 이제 중력을 유지하는 몸은 겨우 차분하다. 관능처럼 날것으로 꿈틀거리는 동맥을 찾아 마지막 생을 기억처럼 환기한다. 조금 전 먹은 복숭아의 끈적한 과육이 아직 묻어있는 날카로운 것으로 도톰하게 살이 오른 시퍼런 동맥을 긋는다. 물이 핏속으로 속도를 늦추어 서서히, 아주 서서히 스며든다. 몽롱한 희열이 언젠가 푸쉬커르에서 만난 연기를 닮았다는 생각에 실소한다. 피가 물속에 번지기 시작할 무렵, 시간은 몇 세기를 거스른다. 황홀한 유전流轉의 시간, 아! 츄파춥스를 빨고 싶다.

　　　　그러나 욕조도, 츄파춥스도 없다. 이것은 결핍이다.

40

s a t i e

두 개의 길, 각기 다른 3도로 분분하다
땅속, 깊이를 알 수 없는 a와 지붕도 없이 누워 있는 6도
무채색의 단말마, 그리고 그지없이 신비로운 그 함의
발음되지 않는 언어, 고독을 닮은 느리고 참담한 노래를 입에 담은 섬
크레타섬, 안개는 기억을 지워 섬의 입을 봉했다

m_o_n_d_o

봄기운이 맑고 아주 조금만 더 따뜻해지면
발목을 묶은 푸른색 바지와 낡은 운동화에
조금 크다 싶은 초록색 티셔츠를 입을 거에요
그렇게 그렇게 가볍고 상쾌한 걸음으로
바람을 맞으러 갈 거에요
볕 좋은 날 강가에 앉아 양팔로 어깨를 감싸고
두 시 방향으로 눈을 비스듬히 올려 시선을 고정하고
엄마를 따라 따스하고 슬픈 얼굴로
아빠를 따라 무심하고 속 깊은 얼굴로
오래도록 오래도록 시간도 멈춰 세우고
마냥 그렇게 그렇게 하릴없이 있을 거에요
어린 여행자 몽도를 생각하며 마냥 그렇게 그렇게

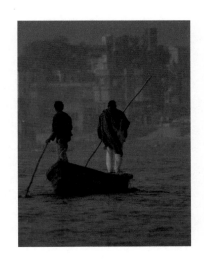

맵싸, 알싸한 기억

무릎에서 피가 난다. 뒤를 보니, 그림자에 발목이 걸려 넘어졌던 것
이다. 맵싸한 느낌, 나쁘지 않다, 아니 정확히는 고아한 흥분이 정수리
를 치고 오른다. 투명하고 푸른 공간, 어두운 벽에 손과 발을 압정으로
고정하고 고개를 떨군다. 오래 전 나의 아들이자 아버지였던 어떤 이를
기념하듯 시간 아래 조아린다. 그리고 나는, 망연히 성욕도 없이 바람과
통정한다. 살아서 단 한 번도 발을 땅에 디뎌 본 적 없는 새에게 바람은
스스로 제 살점을 떼어내 먹이고, 나는 허공에 부상하는 아픔이라는 것
을 한 점 가져다 입 안에 넣고 오물거린다. 비릿한 속 맛보다 겉이 알싸
한 아픔이라는 것은 항상 내 것이 아니었음을 기억하고 마냥 먹먹한 가
슴만 쓸어내리고, 또 쓸어내린다.

mp3

그녀의 mp3 player
내 주머니 속에서 촉수를 세우고 있다
압축률이 지층을 닮아 소리가 편편하다, 시간을 거스르는
습기라고는 전혀 느껴지지 않는 건조한 사막의 소리
모래로 빚은 새는 날다가 먼지로 부서지고
가녀리게, 형체도 없이 누운 자리에서 눈물이 묻어 난다
그녀의 것이었을까, 바람의 것이었을까
가파르게 깍아 지른 계절에 위태로이 매달려 있는 소리
소리는 여간해서 흔들리지 않았다, 입을 꼭 다문 죽음처럼

귀를 뚫었다, 無用의 의식으로

기억 속, 오늘은 항상 가장 추웠다

2부 고해성사

나는 또…,

　방문을열고들어서면어김없이만나는어둠속에서더깊은어둠으로서있는그림자소리의성을쌓고검은바람이그저지나가기를바라는사이몸안으로스미는소소한기억하나견딜수없는고통의두려움으로인해일곱마디쥐며느리가슴을가진변태의몸에바람이쌓이는일없도록최대한몸을구부린다나는길위에서항상아팠다나는또다시길위에마음을눕힌다나는이렇게항상아픈몸을이끌고길위에서성거렸다

　바람이불더니빗님이오셨다아주조금은호흡하기가편하다

꿈을 버린 아이

몸을 눕혀 바닥을 친다, 두덕두덕, 두덕두덕
소리와 모양새가 물을 닮아 고요하나 선이 굵다
'아이야, 저쪽으로, 아니 이쪽으로, 거기는 아니야!'
바람이 내지르는 말 뿌리에 걸려 넘어지기를
일흔 번에 일곱을 곱했다, 그리고 당도한 땅
나보다 먼저 내 그림자가 강물에 머리를 묻고
기다리던 황혼은 물살을 갈라 길어 올린
씨실 다섯 개에 구중천 떠다니는 여든여덟 개의 날실로
백척간두에 선 균均, 소리의 뿌리를 깁는다
어미보다 먼저 태어나 서러운 아이, 배고픈 아이는
소리로 허기를 채우고, 그 소리로 호흡을 자르고
망연히 누워 꿈을 꾼다

아이는 꿈속에서 모든 것을 다 보았다, 그래서 꿈을 버렸다
버혀지고 헐거워 더 이상 덮을 것이 없을 때, 비로소 소리가
내게 왔다

아서라 아서, 사람아…

문이 열리고 바람과 앞서거니 뒤서거니
그림자 하나 들어와 몸을 하나 두고 나가더라
강은 빛 하나 걸치지 않고 무심으로 흐르는데
눈도 채 뜨지 못하던 어제의 봄은
박제된 공허처럼 마른 심장에 무너지더라
언제였던가, 숨죽여 그림자 속에서 울던
기억의 틈, 사이를 깁는 바람은 시간 밖에서 날개로 돋아
노을로 달아난 검은 아이의 새끼발가락을 끄집어낸다
아서라 아서, 쓸어내리고, 움팬 가슴 다시 쓸어내리고
아서라 아서, 마음 없이 스민 노을 어둠으로 밀어내고
벽에 붙은 말 하나 손톱 끝으로 긁어내다 눈을 감는다
사람아, 사람아, 눈에 겨운 사람아

사라진 얼굴

도대체 얼굴이 생각나지 않는다

거울 그 깊은 속을 들여다보아도

낯선 그림자 하나 호흡으로 들어올 뿐

거울에 유제 막을 입혀 어둠으로 교반을 해보지만

도무지 얼굴의 잠상 조차도 떠오르지 않는다

가라앉은 눈과 코와 입, 사라진 얼굴

"거울은 빛에 반하여 어둠을 흡수하다"

생각에 머물러 도무지 드러나지 않는 눈, 코, 입

그제서야 쓰러져 누워있는 그림자의 뒷모습에서

몸을 털고 가까스로 일어나는 눈

손으로 허공을 어루만지며 얼굴 없이 어둠으로 지낸

몇 세기의 바람 동안의 기억으로 바랑을 꾸린다

등뼈에는 지느러미가 자라고

눈은 본디 어둠 속으로 먼저 달려가고

덜 자란 꼬리로만 꿈 가장자리에서 소풍인 듯 유영하며

눈물 같은 감탄사를 가다듬어 나지막이 소리한다

얼굴은 타고나지 않았다, 라고

오늘도 나는…

맑디 맑아 서러운 하늘을 이유 삼아
하릴없이 주머니 속을 만지작거렸다
항상 거기에는 치사량의 권태가 있다
차마 꺼내지 못하는 날 선 그리움
사막을 닮은 거리, 그 거리에서는
심장이 소리를 내고 걸어 다닌다, 서걱서걱
낙타의 눈에서도 눈물 소리가 난다, 서걱서걱
바람의 역사로 눈물은 소리로 바뀌었다, 서걱서걱
사막의 신기루를 닮은 눈으로 하루를 겨우, 서걱서걱
언제쯤이면 나는, 언제 어디서나 서걱거리며 울 수 있을까
바람처럼 울기 위해 길을 나서는 일일랑 더 이상 없도록
어제의 기억으로 스스로를 섬에 가두는 일은 더 이상 없도록

실어증

실어증을 앓고 있다, 선천적 언어
상실의 이유로 소리를 가까이 두고 호흡한다.
소리에 각을 뜨고 포를 떠서 사잇소리를 만드는 일
지난한 작업의 무의미 또는 의미를 생각한다.
소리는 破이면서 동시에 습이기도 하다
종래에는 空이기도한 소리
音을 만났을 때를 기억한다.

지극히 자발적인 상징의 소리, 音이라는 것
해가 순식간에 툭, 하고 무겁게 떨어진다.
바로 앞에서 부서지는 빛의 파편으로 인해 눈이 멀었다.
빛과 어둠은 다른 몸인 듯, 한 몸인 자웅동체이다.
소리와 音처럼

기억은 마지막 하나의 가슴까지 베어냈다.
소리가 자라지 못해 기구한 언어로
색을 잃어 눈물이 마른 눈으로

하얀 것에는 붉디붉은 뜨거운 피가 있다

하얀 것에는 붉디붉은 뜨거운 피가 있다

열의 열은 슬프나 하나도 성한 슬픔은 없고
선혈 낭자한 질투로 희다 못해 눈부신 권태를 모방하고
바로 선 슬픔 하나, 꽃으로 손목을 자르고, 그 자리에 자라난 칼

나지막이 옆으로 누운 교태로운 산.
용용히 흘러 차라리 서러운 교만한 강.
마음을 닫아 기억으로 외곽을 쌓아 혼곤의 시간을 기르는
나무와 물, 좌우의 눈 가리고 그저 앞으로만 걷는 나무와 물.
그들 스스로 나무이고 물이었던 천년의 시간, 그 시절의 심장을
시시포스의 발아래 신앙으로 바치고도 산을 이루고 또 강을 이루는
사막에서도 부끄러워 민얼굴로 걷지 못했던 나무, 물.

언제부터인가 그들의 오아시스에는 부끄러움이 보이지 않았다

불편한 안부 1

이천공십사년칠월이팔일 아침을 옮긴다, 사라진 봄 사월 어느 저녁 즈음으로.

찾아간 다시 듣기 제일 하단에는 낙인 같은 사월삼십일, 간당간당 겨우 걸려있다.

어제가 항상 내일이라는 미상의 이름에게 밀려나는 것처럼 애달프다.

아침에 저녁나절의, 그것도 지난 사월의 어느 날 오후 여섯 시 한 라디오 프로그램의 다시 듣기를 일상처럼 자주 찾아간다.

켜켜이 쌓여있던 사월, 무심하고 서럽게 빠져나간 하루 또 하루…,

나는 하루 남은 사월에게 그간 서성이다 차마 건네지 못했던 짧고 우울한 안부를 전한다.

"이제 사월은 달의 속도로 오늘을 바라보는 달이다."

"사월-너와 함께 칠월이 간다, 그리고 팔월에도 구월에도…,"

"내게 봄은 없다, 내년에도 내 후년에도…,"

하여 우리에겐 오직 "찬란한 슬픔의 봄"이 있다.

불편한 안부 2

맥없이 넋 놓고 청소기를 돌린다
나의 새벽은 이처럼 부산하고 너의 검은 새처럼 시끄럽다
몸에 가라앉은 그을음, 구석구석 정갈하게 씻겨
파랗게 짓무른 검고 흰 건반들 사이에 눕힌다
송신난 소리를 짓이겨 입을 틀어막는다, 눈과 또 귀를
흡사 석양빛 머금은 아침이 그제서야 머리를 풀고 내게로 온다

이렇게라도 올 것이 왔다

불편한 안부 3

　눈을 뜨자마자 입 안이 간지러웠다. 살펴보니 목 안 깊숙이 어제 먹었던 생선 눈깔이 나른하게 목젖 너머 나의 비루한 아침을 째려보고 있었다. 내 머리맡에 버젓이 차양처럼 마냥 그늘만 드리우고 제 몫을 다하여 앙상해진 책상의 등에 손을 뻗어 며칠 전 식당에서 가져온 사탕을 집어 까끌거리는 입에 넣고 누운 채로 빨지도 않고 우적우적 씹어 삼켰다. (어제도 여느 때와 같이 홀로 가까이 발목 걸리는 거리의 야끼도리 집에 들러 적당히 거나하게 一杯一杯復一杯하고 나오면서 계산대에 조신하게 놓여있던 예의 사탕 바구니에서 울컥 한주먹 들고 나왔다.) 하나, 둘… 단맛을 느낄 새도 없이 또…

　그러다가 순간 흠칫 놀란 손가락은 제멋대로 마디를 세워 다시 책상 등을 어르듯 만지며 옹알이하듯 "너는 참, 슬프게도 피아노를 많이 닮았구나."하고.

　맞아, 그날 비가 왔었지. 사탕을 한 주먹 집어 온 것도, 그들을 부른 것도, 모두 비 때문이었어.

나는…

나의 정부情婦는 항상 나였다, 나의 도제徒弟가 나인 것처럼
그림자와 한 몸으로 태어난 나는, 도락道樂은 항상 나였다

그림자 없는 몸-문도 창도 없는 집, 나의 안에서 나는 자웅동체雌雄同體
주검을 품고 숨죽여 우는 밤바다처럼, 나는 항상 나를 품고 운다.

하필 낭만에 대하여

하필, 이 시간에 부르는 이도 없이 객들의 발자국만 수북하게 쌓인, 게다가 주인도 없는 방에 들어간 것이 화근이었다. 주인, 아니 손님이 빈손으로 와 미안해서 걸어놓았을지도 모를 음악 앞에 고스란히 나는, 나의 오래된 몸의 뼈와 살을 정갈하게 발라놓고 단 한 번이라도 좋았을 낭만, 그 낭만을 품을 수 있었을, 내 비루한 과거와 현재, 이미 낡아버린 미래의 "낭만에 대하여" 생각하면서 부득불 "그때 그 사람"을 불러낸다. 이렇게 밤새 빗님까지 흥건하게 와주시고 창문을 열어놓고 거나하게 취하고 싶은 마음속의 마음이 스스로 황망해 얼굴이 붉어진다.

난 반지를 좋아한다. 이 조그마한 속박이 탐미적인 아름다움과 가까이 있어 더욱 좋다. 다소간 자연스럽고 안정되어 보이는 일반적으로 끼는 약지의 반지보다는 내 짧고 못생긴 새끼손가락에 큰 자연석, 특히 터키석이 박힌 두꺼운 반지를 좋아하고, 네팔과 티벳을 넘어 내게 온 닳을 만큼 닳은 구리를 납작하게 펴 나뭇잎 문양을 넣어 만든 반지를 엄지손가락에 끼는 것은 또 그 자체가 흥분이다. 하지만 주로

告解聖事

그/녀는 세상에 없는 아침과 저녁을 흠모한다.

그/녀는 빛의 다른 이름을 옆에 두고 어둡다고 한다.

그/녀는 전생을 가졌으면서 영원히 서로를 알아보지 못한다.

그/녀의 관계에는 눈물이 없다, 바람을 사랑한 적 없는 이유로

그/녀의 문제는 이생의 좋은 것들을 너무 많이 보고 듣고 느끼고 만졌다는 데 있다.

그/녀는 죽음의 과정을 거치지 못한 떫은 상태-그대로의 관계로 서로가 서로를 마감한다.

그 마감은 항상 처음처럼 두서없다

누군가 흘리고 간 "밤과 낮"에 관하여

한낮에 달의 표면을 만진다.
움푹 팬 달의 그림자에서 흘러내린 달의 눈을 찾는다.
눈은 갈피를 못 잡고 절망을 꿈꾸고 있었다.
누군가 귓속에 입을 박고 그 꿈속을 들여다보고 있다.
보다 못해 눈을 떴다, 사실은 눈은 내 것이 아니었다.
눈은 자의적으로 떴다 감았다 할 수 없는 낮 사이 밤처럼
이름이 내 것이 아닌 것처럼 흡사 성역이다.
간밤에 뜬 눈은 보라였다, 낮과 사뭇 달리 황홀해서 슬픈 눈
머지않을 마지막에게 골 깊은 한숨을 보낸다, 공기가 여여하다.
맑지만 무거운 낮이 언제부턴가 밤을, 깊은 밤을 닮아가고 있다.
보지 못하는 모든 것들이 이렇게, 나를 닮아가고 있다.